へろりの

へろりのだいふく

たかどの ほうこ／作　たかべ せいいち／絵

ヤギのヤギマロ先生《せんせい》は、山《やま》のてっぺんに
ひとりでくらしている、お習字《しゅうじ》の先生《せんせい》です。

いつでも、むずかしいかおをし、
太《ふと》くてひくい声《こえ》で、おもおもしく話《はな》します。
それも、「書《しょ》は心《こころ》じゃ」とか、
「手《て》で書《か》くな、へそで書《か》け」というような、よくわからないけれども、意味《いみ》のふかいようなことを、じわり……というのです。

ですから、あつまるたびに、どこそこのおまんじゅうやさんは、『あんこ』はいいが、『かわ』がちょっと、などとしゃべっている村《むら》の動物《どうぶつ》たちからすると、先生《せんせい》は、まるでえらくて、ちょっとこわいかんじのするひとなのでした。

そんなわけで、お習字《しゅうじ》を習《なら》いに、先生《せんせい》の家《いえ》にいく生徒《せいと》たちは、みな、きんちょうして、げんかんを入《はい》ります。

先生《せんせい》の家《いえ》は、古《ふる》いけれど、きちんと手入《てい》れがしてあり、ろうかなんか、黒《くろ》く、ぴかぴかです。そこを、しずしず通《とお》って、板《いた》の間《ま》の教室《きょうしつ》に入《はい》ると、長《なが》いつくえが三《みっ》つあるので、きまったつくえにつき、すみやかに練習《れんしゅう》をするのです。

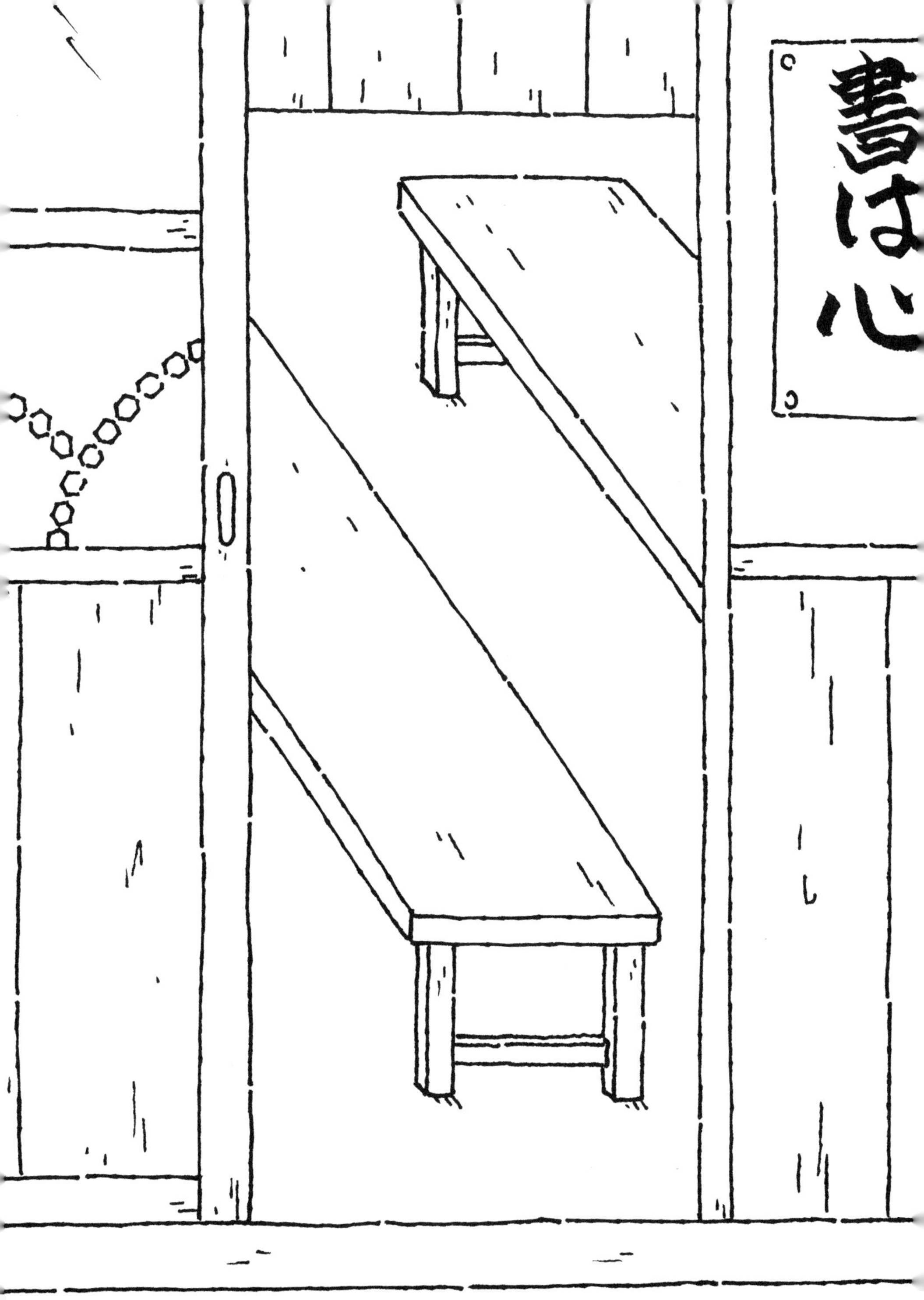
書は心

うまいひとは「まつぐみ」、
ちゅうくらいのひとは「たけぐみ」、
へたなひとは「うめぼしぐみ」のつくえです。
ヤギマロ先生《せんせい》は、みんなのうしろを
まわって、書《か》いている字《じ》をじっとみます。
そんなとき、みんな、むねがどきどきします。
「ふむ。すじは、わるくない」
そういわれた「たけぐみ」のネコジは、ほおーっと、いきを
ついてから、うれしそうに、にまあっ、とわらいました。
「ふむ。『あ』は、よい。しかし、『ひ』は、へっぽこだ」

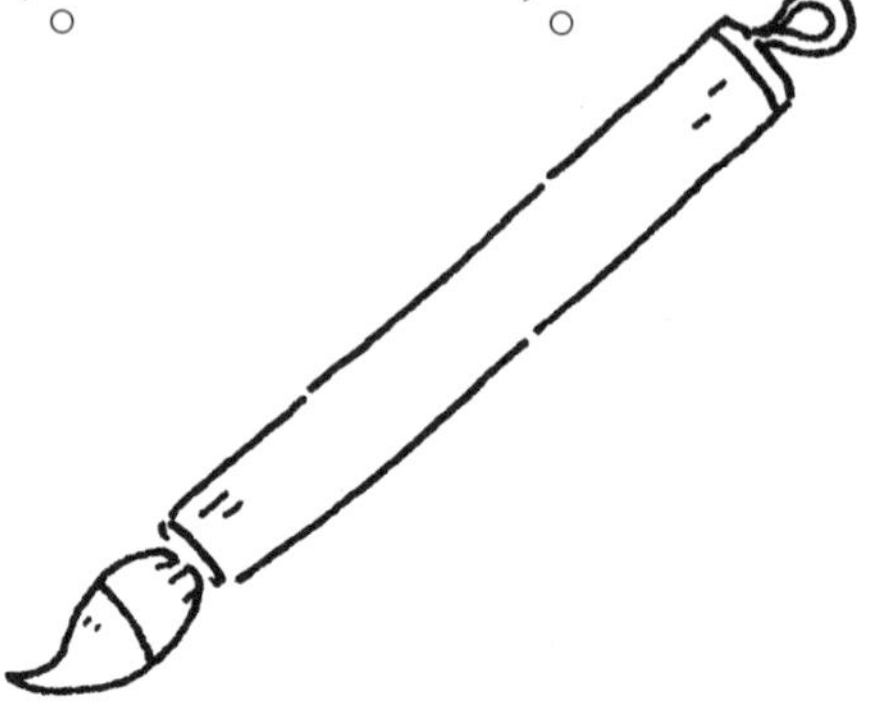

そういわれたのは、『あさひ』という字《じ》を練習《れんしゅう》していた、「まつぐみ」のサルハチです。サルハチは、かおを、かっと赤《あか》くそめ、カバンから、つぎつぎと新《あたら》しい紙《かみ》を出《だ》し、「ひひひひひ」「ひひひひひ」と、むちゅうで練習《れんしゅう》をはじめました。

「うめぼしぐみ」のトンコのばあいは、おりこうにみせようとして、せなかをぴいんとのばしたあまり、

「ほお。よいしせいだ」
と、ほめられたとたん、
うしろに引《ひ》っくりかえって、ふでのすみをふりとばしました。

そんなふうに、それぞれきんちょうしながらも、みんな、
何《なん》まいも何《なん》まいも、まじめに練習《れんしゅう》し、さいごに、まるをもらい、
おれいをいって、帰《かえ》っていくのでした。

みんなの帰《かえ》ったあとには、練習《れんしゅう》した紙《かみ》が、たくさんのこります。おふろのたきつけにするから、おいて帰《かえ》りなさい、と先生《せんせい》にいわれているので、そのままにしていくのです。

でも、ほんとうは、ばんごはんのときに、先生《せんせい》がこっそり食《た》べます。

ヤギなのですから、紙《かみ》を食《た》べるのはあたりまえ、こそこそしなくてもいいのですが、りっぱなヤギのヤギマロ先生《せんせい》としては、みんながのこした紙《かみ》を食《た》べている、というのは、なんとなく、きまりがわるかったのです。

たいてい先生《せんせい》は、やさいとあえたり、みそしるに入《い》れたり、ごはんにふりかけたりして食《た》べました。そうすると、あまり目《め》立《だ》たずに、おいしく食《た》べることができたからです。

さて、ある日《ひ》のことでした。ばんごはんのじゅんびをしようと、みんながおいていった紙《かみ》をちぎっていたヤギマロ先生《せんせい》は、すこし黄色《きいろ》がかった、とろんとするような、やわらかい紙《かみ》がまじっているのをみつけました。

「ふうむ。みかけない紙《かみ》だぞ。この紙《かみ》は、ごはんのおかずというよりも、おまんじゅう……いや、だいふくのようなものにして食《た》べるのがよい、とみた」

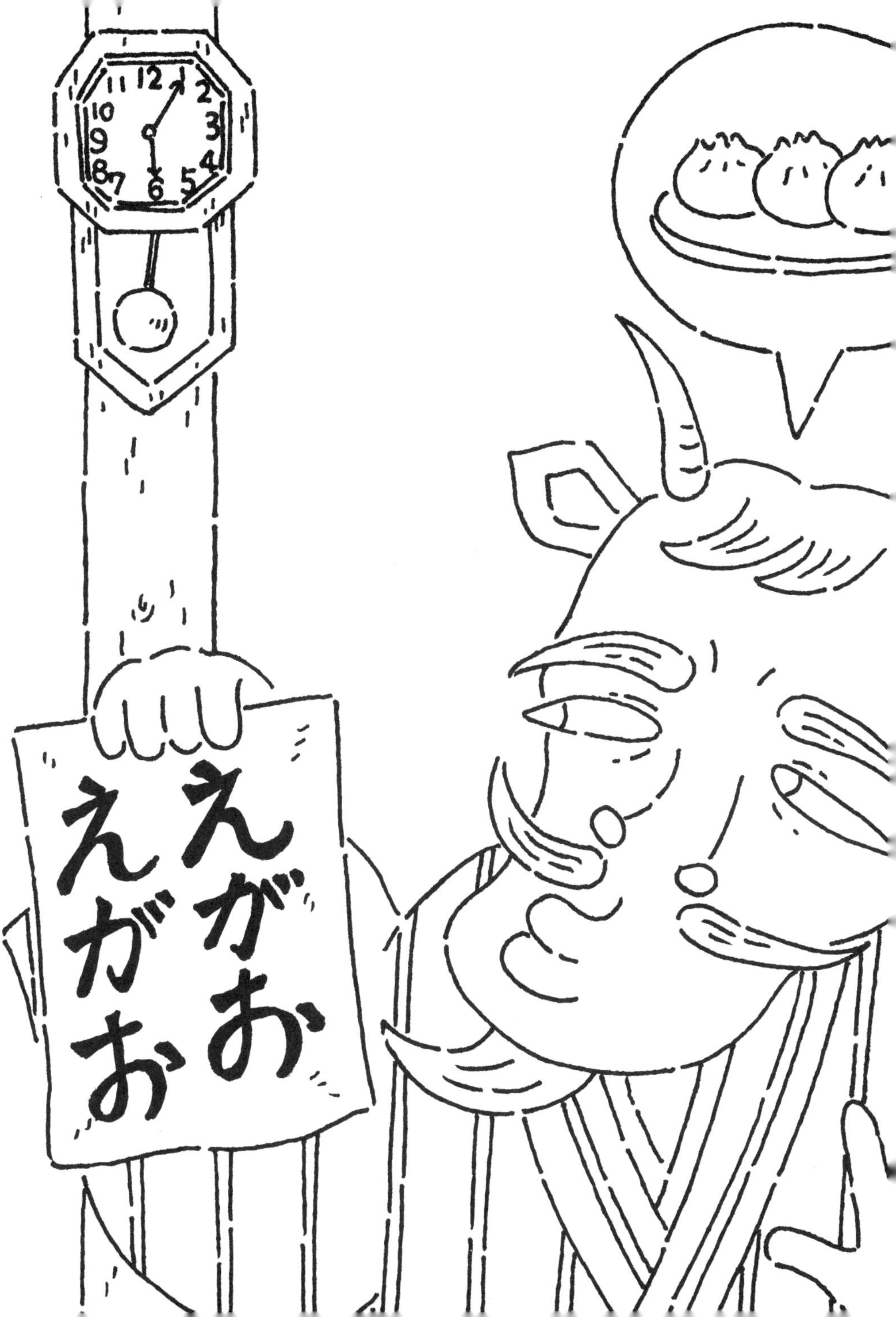
えがお
えがお

そう思《おも》った先生《せんせい》は、さっそく、あんこをくるみ、ひとつ、口《くち》に入《い》れてみました。すると、おどろいたことに、それは、いままでに食《た》べた、どんなにおいしいだいふくよりも、もっともっとおいしいだいふく。それどころか、生《う》まれてからいままでに食《た》べた、ぜんぶの食《た》べもののなかで、いちばんおいしいあじがしたのです。

先生《せんせい》は、あわてて、まだのこっていた同《おな》じ紙《かみ》をさがしました。くしゃくしゃにまるめてある紙《かみ》をひらいてみると、へたくそな大《おお》きな字《じ》で『えがお』と書《か》いてあり、おしまいのところに「うめぼしぐみ　タヌキチ」と名前《なまえ》がありました。

ヤギマロ先生《せんせい》は、つぎの日《ひ》、やってきたタヌキチをよぶと、いいました。

「きみは、きのう、ちょいとかわった紙《かみ》で、練習《れんしゅう》していたようだが……?」

タヌキチは、先生《せんせい》によばれたときから、もうどきどきしていましたが、こういわれて、かおをあげることができなくなりました。お習字《しゅうじ》は、ふつう、『半紙《はんし》』という紙《かみ》に書《か》くものだからです。

「しかっているわけではないぞ。きのうの紙《かみ》は、なんという紙《かみ》か、それを知《し》りたかっただけだ」

先生《せんせい》のことばに、タヌキチは、ほっとしてかおをあげると、

「『へろりがみ』です」

と、こたえました。

タヌキチは、『半紙《はんし》』を買《か》いにいったのに、もう売《う》り切《き》れていたこと、そこでしかたなく、『半紙《はんし》』ににている『へろりがみ』というのを買《か》ったことを話《はな》しました。

「へろりがみ……。ふむ。どこで買《か》ったのかね」

「タヌキ横丁《よこちょう》のはずれにある、『たぬぶん』という文房具屋《ぶんぼうぐや》さん

です」
ヤギマロ先生《せんせい》は、何度《なんど》もうなずいてから、くちびるをぺろっとなめました。

その夜《よる》、先生《せんせい》は、『へろりがみ』でつくっただいふくのことを思《おも》い出《だ》して、ねむれませんでした。どんなに考《かんが》えても、あれほどおいしいものは、ほかにありません。

「ああ……。はらいっぱい、あれを食《た》べたいものだ。しかし、いだいな書家《しょか》の、このわたしが、タヌキ横丁《よこちょう》までおりていって、『へろりがみ』とやらを、しこたま買《か》うというのは、ちと、こけんにかかわるわいなあ。うーむ。生徒《せいと》たちに、これからは『へろりがみ』をつかえ、というわけにもいくまいし。何《なに》か、とくべつの理由《りゆう》でもあれば、べつだろうが……」

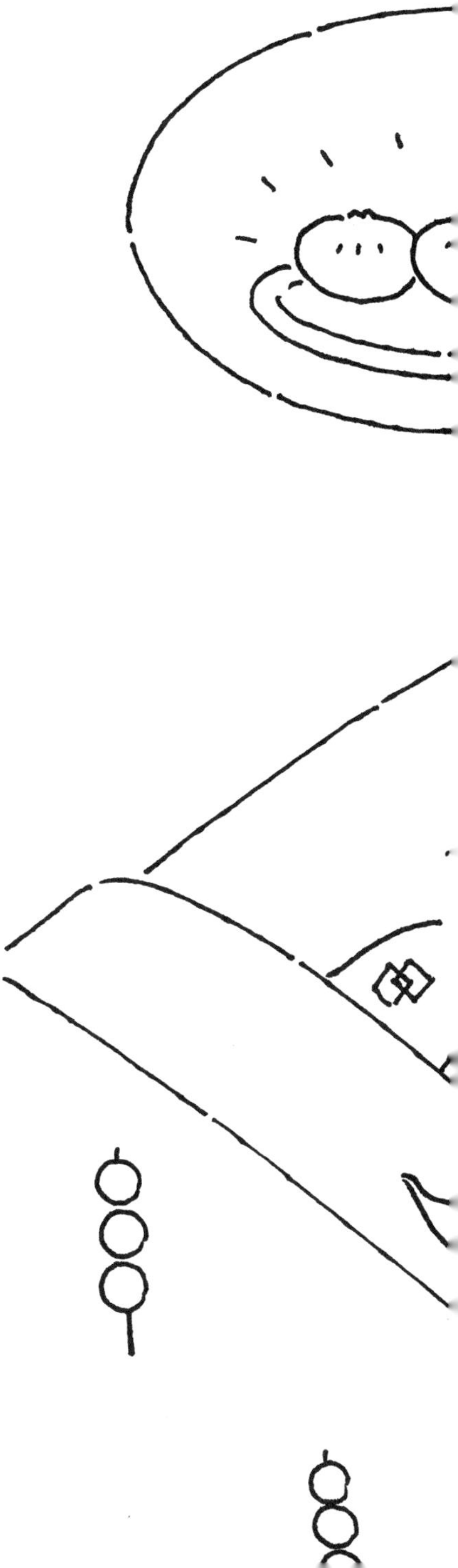

そのとき、先生《せんせい》は、はたといいことを思《おも》いついて、とびおきました。

「おお、そうだ！　これなら、いかにもとくべつの理由《りゆう》だ！　よし、これでいこう！」

つぎの日《ひ》、動物《どうぶつ》たちは、先生《せんせい》の家《いえ》のげんかんに、大《おお》きな紙《かみ》がはり出《だ》されているのをみました。

あした、お習字《しゅうじ》のとくべつコンクールをおこないます。
みな、がんばって、出《だ》してください。

課題《かだい》　まつぐみ……………『まんぷく』
　　　　　たけぐみ……………『たらふく』
　　　　　うめぼしぐみ………『だいふく』

〈たいせつなきまり〉
とくべつコンクールにつき、紙《かみ》は、〈へろりがみ〉とする。
タヌキ横丁《よこちょう》はずれの『たぬぶん』にて、買《か》われたし。

ヤギマロお習字教室《しゅうじきょうしつ》

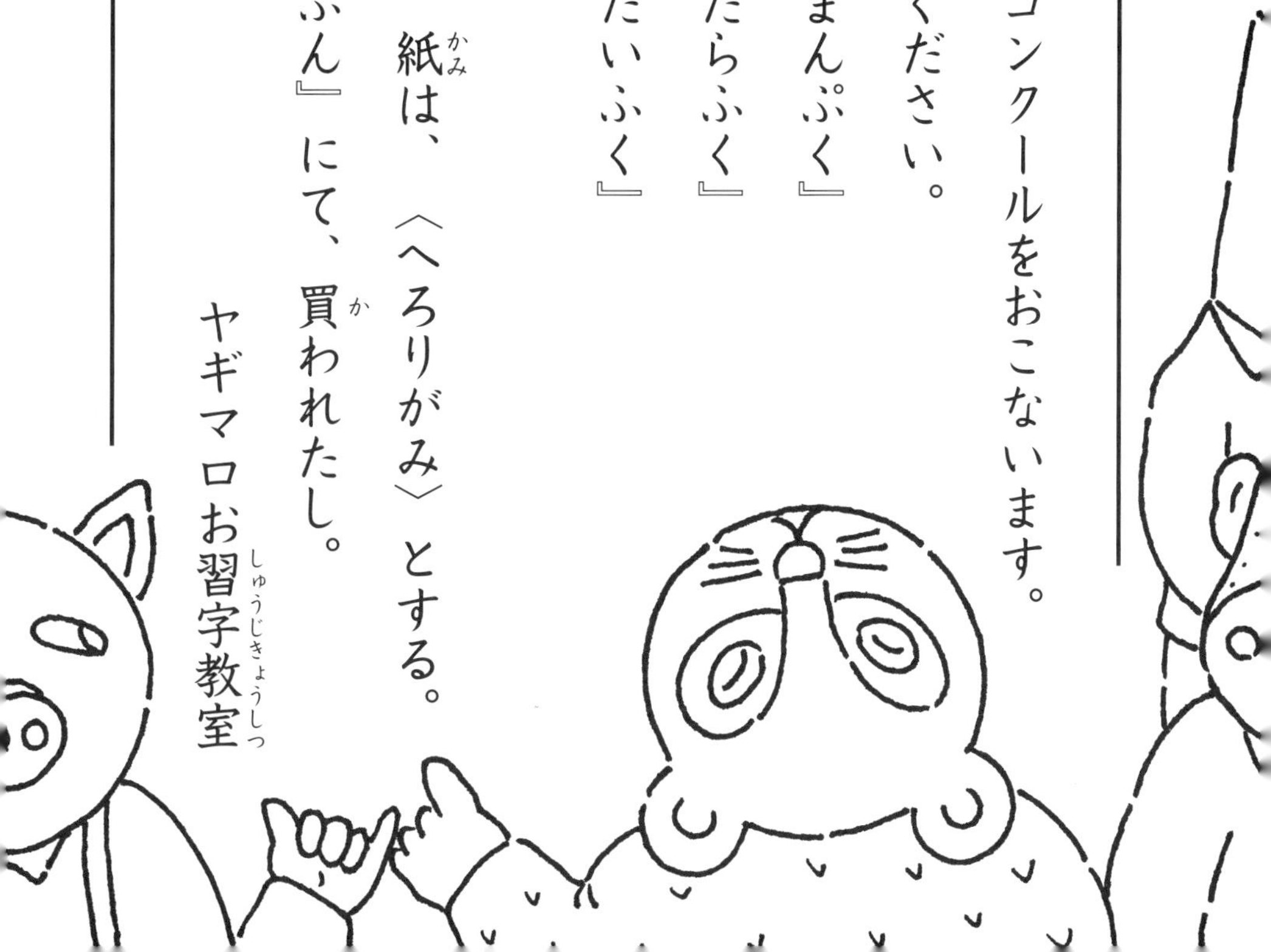

「やった、コンクールだ！　おいらは『まんぷく』か。よっしゃ、まかしときっ、『へろりがみ』だな！」

サルハチは、とうしをもやし、かおをかっと熱《あつ》くしました。

「まつぐみ」のなかでも、自分《じぶん》はうまいほうだと思《おも》っているサルハチは、心《こころ》のなかで、まっすぐ一《いっ》とうしょうを目《め》ざしました。

「たけぐみ」のウマゴローは、はり紙《がみ》をみるなり、

こうふんして、はないきをたてながら、わめきました。

「『たらふぐ』かよっ、おれ、『ら』は、
にがてなんだよなあ！」

そこで、おりこうそうなトンコに、

「ばかね。『たらふく』よ」

と、たしなめられて、

「あ、なあんだ」

と、いいましたが、

『ら』があることに、
かわりはありませんでした。

タヌキチは、自分《じぶん》が先生《せんせい》に教《おし》えた『へろりがみ』が、コンクールにさいようされたので、すっかり気分《きぶん》をよくし、

「『へろり』を買《か》うなら、つれてくよ」などと、よびすてのように、わざとあっさりよんで、よゆうをみせました。

さて、コンクールの当日《とうじつ》です。

生徒《せいと》たちは、カバンに『へろりがみ』を入《い》れて、はりきってやってきました。そして、ここいちばんと心《こころ》をひきしめて、ひっしに書《か》きました。今日《きょう》ばかりは、ちょっとしっぱいしただけでも、みんな、きまえよく紙《かみ》をとりかえます。

それで、『まんぷ』とか、『たら』とか、『だ』しか書《か》いてい

ない『へろりがみ』も、たくさんたまりました。そしてさいごには、いちばんうまく書《か》けたお習字《しゅうじ》が、先生《せんせい》のつくえの上《うえ》に、きちんとつまれました。

そのつぎの日《ひ》です。みんな、コンクールのけっかが早《はや》く知《し》りたくて、わくわくしながら、そろって山道《やまみち》をのぼり、先生《せんせい》の家《いえ》にやってきました。ところが、げんかんは、しまったままです。動物《どうぶつ》たちは、かわりばんこに、げんかんの戸《と》に手《て》をかけては、力《ちから》をこめました。

「しっ！　しずかに！　なんかきこえないか！」

ネコジが、口《くち》にひとさしゆびをあてました。たしかにきこえます。くるしそうなうめき声《ごえ》です。家《いえ》のなかで、だれかが、というよりも、ヤギマロ先生《せんせい》がうなっているのがきこえたのです。

「う、う、だ、だれか、いしゃを、いしゃを……」

う。う。
だ・だれか・
いしゃを。

「お、おれ、よんでくる！」

足《あし》の早《はや》いウマゴローが、さっと、みをひるがえし、フクロウ医院《いいん》を目《め》ざしました。村《むら》いちばんの名医《めいい》です。

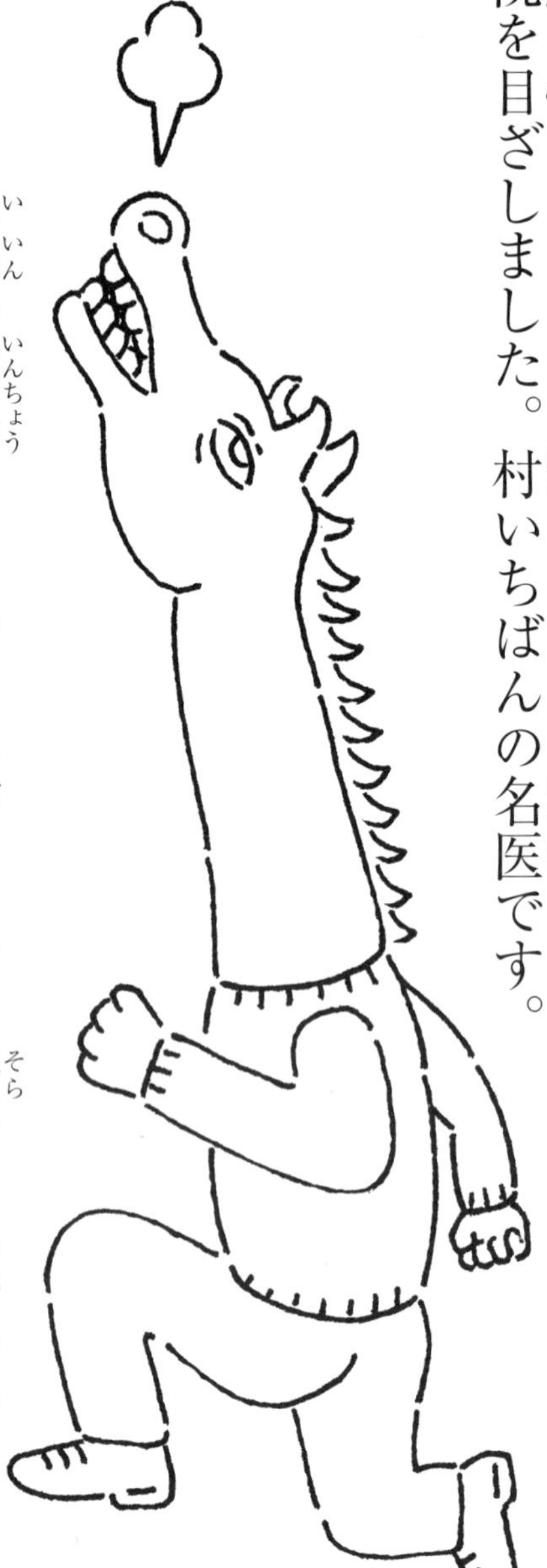

フクロウ医院《いいん》の院長《いんちょう》のフクジさんが、すぐに空《そら》をとんでやってきました。そして、おふろのまどがあいているのをみつけると、みんなを外《そと》にのこし、なかに入《はい》っていったのです。

さて、フクジさんが、うめき声《ごえ》のするへやに入《はい》ってみると、どうでしょう。ヤギマロ先生《せんせい》が、とてもとてもヤギとは思《おも》えないほどにまんまるくふくらんで、ごろんとのびていたのです！

「これは、まさしく奇病《きびょう》じゃ」

フクジさんは、そうつぶやくなり、カバンのなかから、『動物別奇病百科《どうぶつべつきびょうひゃっか》』という、ぶあつい本《ほん》をとり出《だ》し、ヤギのページをいそいでひらきました。きみょうな病気《びょうき》のことばかり書《か》いてある本《ほん》です。

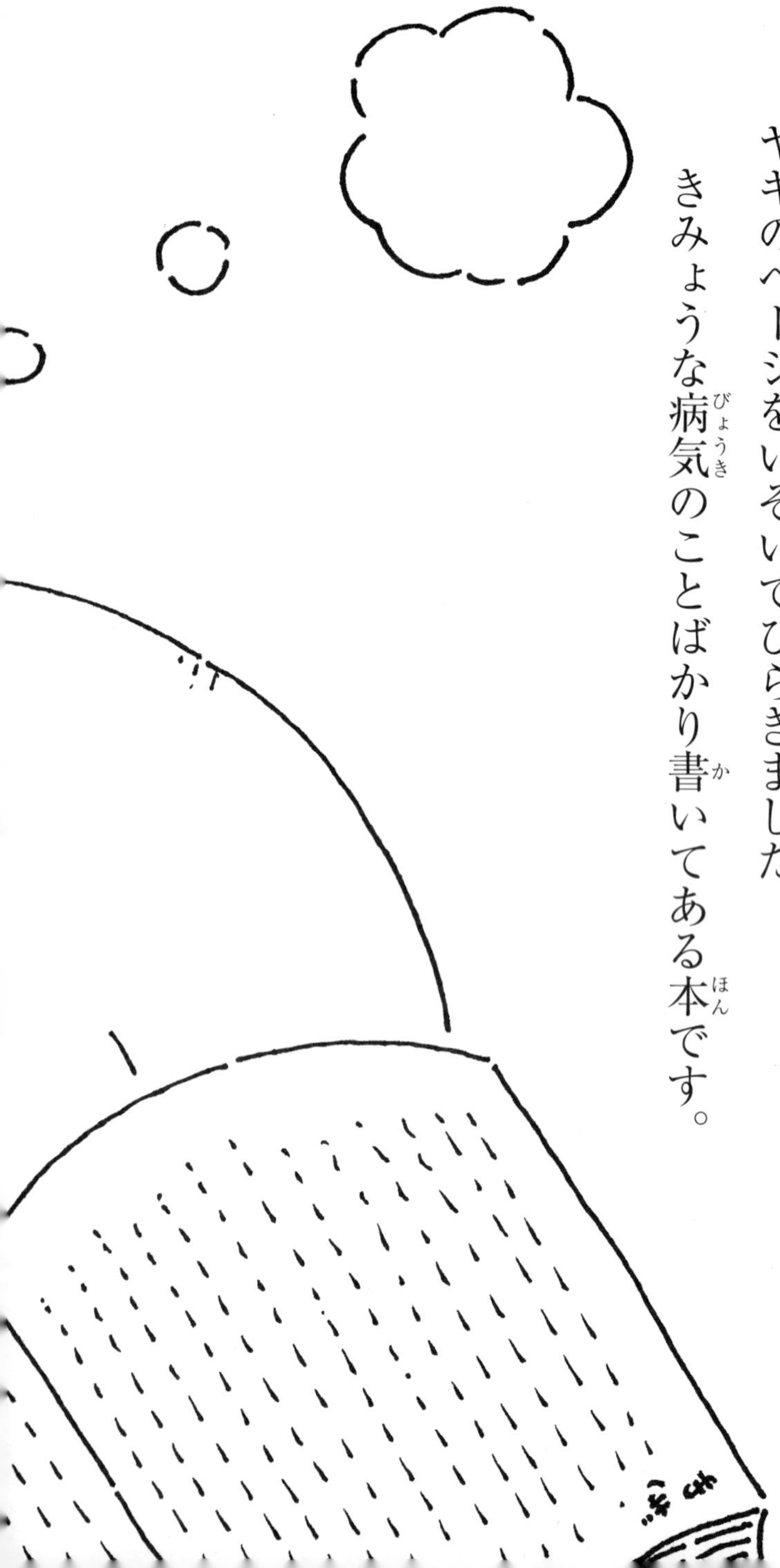

「ううむ。食《た》べすぎて、紙《かみ》のように、へろりとひらたくなる病気《びょうき》ならあるが、まんまるくふくらむ、というのは、みあたら……ややっ、これだ！　ヤギマロさん、あなたもしや『へろりがみ』を食《た》べたのではありませんかな⁉」

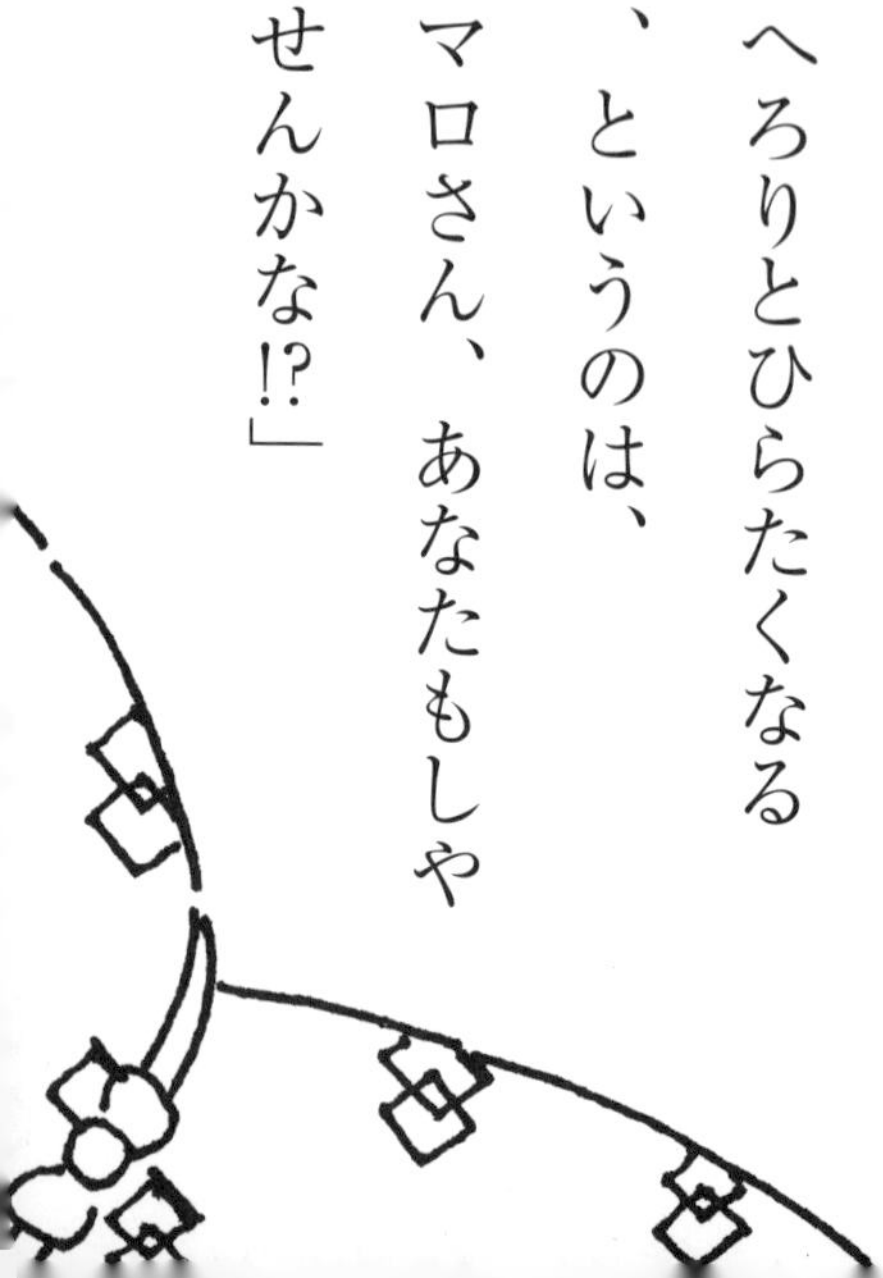

ヤギマロ先生《せんせい》のまるい頭《あたま》が、
くるしそうに、こくんとうごきました。
「それには、字《じ》が書《か》いて
ありましたな?」
先生《せんせい》の頭《あたま》が、
またこくんと
うごきました。

フクジさんは、うなずきながら、先生《せんせい》のまわりをぐるぐるまわり、名医《めいい》らしく、よこからななめから、するどくかんさつしました。そして、先生《せんせい》のおなかを、つんとつついてみたあと、ずばりといいあてました。

「しかも、あなた、あんこをくるみましたな!」

ヤギマロ先生《せんせい》は、そこで、もうだめだというように、

「きゅうーっ、きゅうーっ、うっく」

と、うめきました。

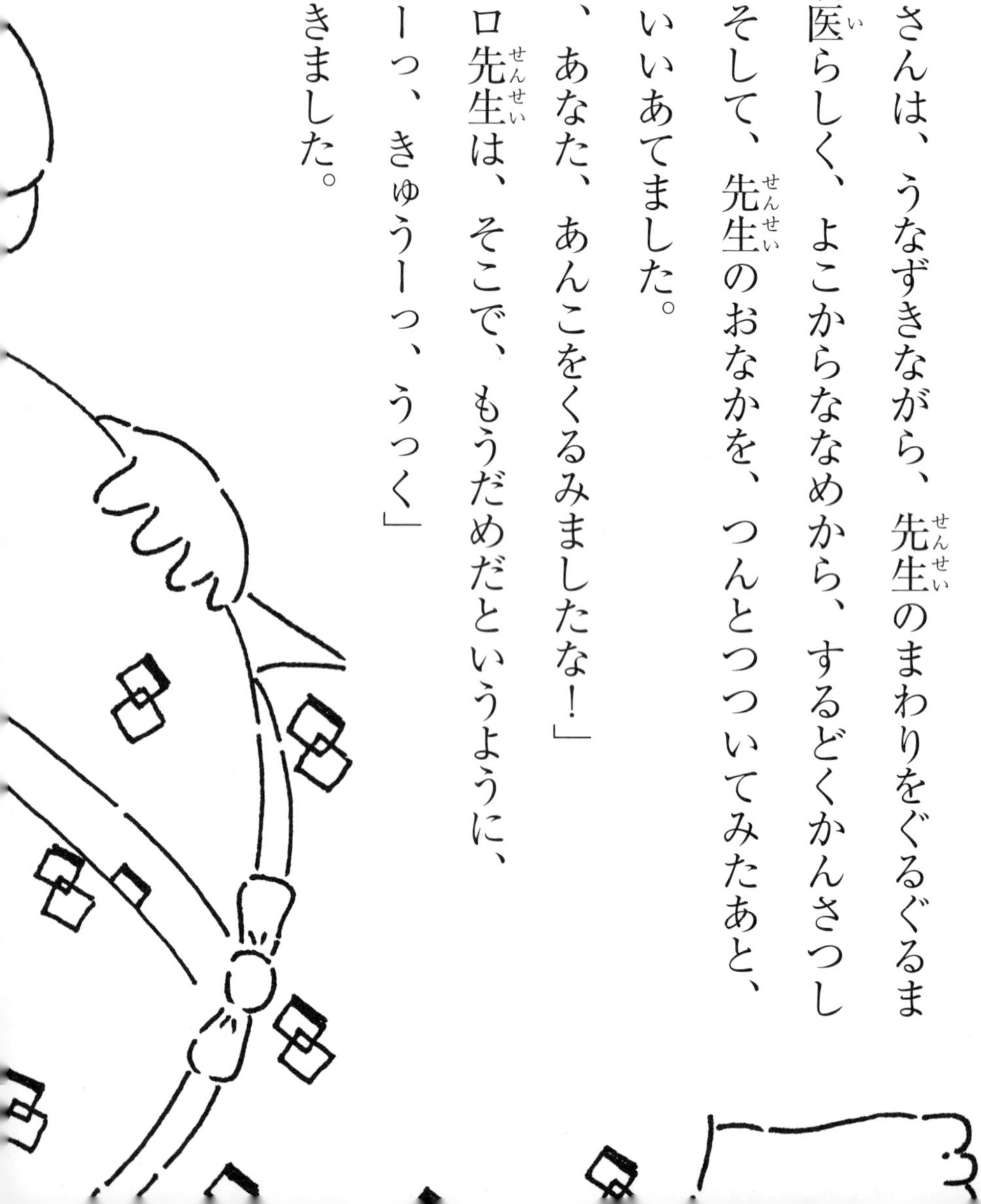

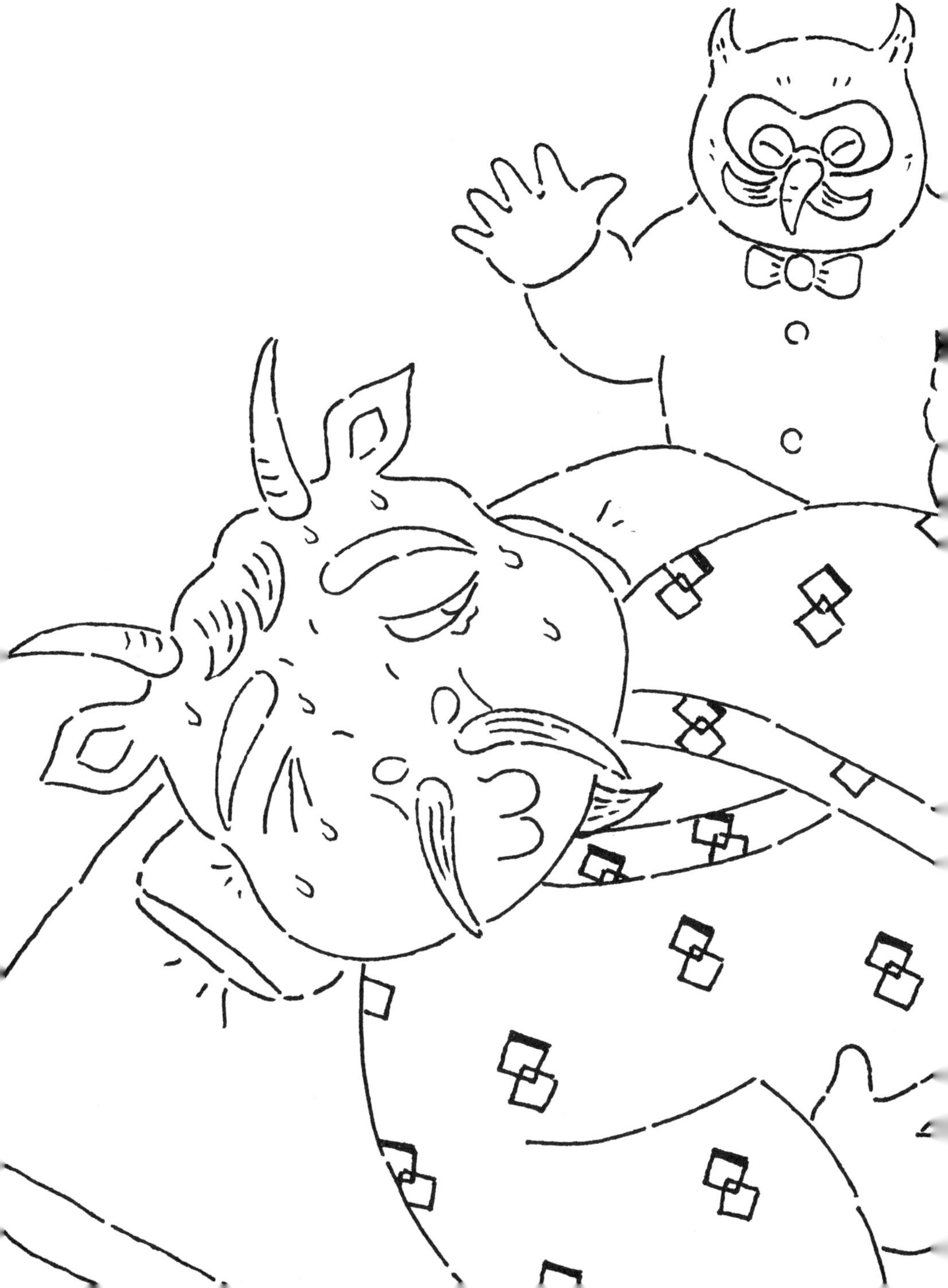

フクジさんが、早口《はやくち》で、本《ほん》を読《よ》みあげました。

「『タヌキの紙職人《かみしょくにん》がつくる〈へろりがみ〉をたくさん食《た》べたヤギは、紙《かみ》のようにへろりとなる。だが、字《じ》の書《か》いてあるものを食《た》べたばあいは、まるくなる。さらに、これにあんこをくるみ、だいふくとして食《た》べたばあいは、ボールのようにふくれあがり、きわめてきけん。きんきゅうのちりょうをようす』。そういうことです」

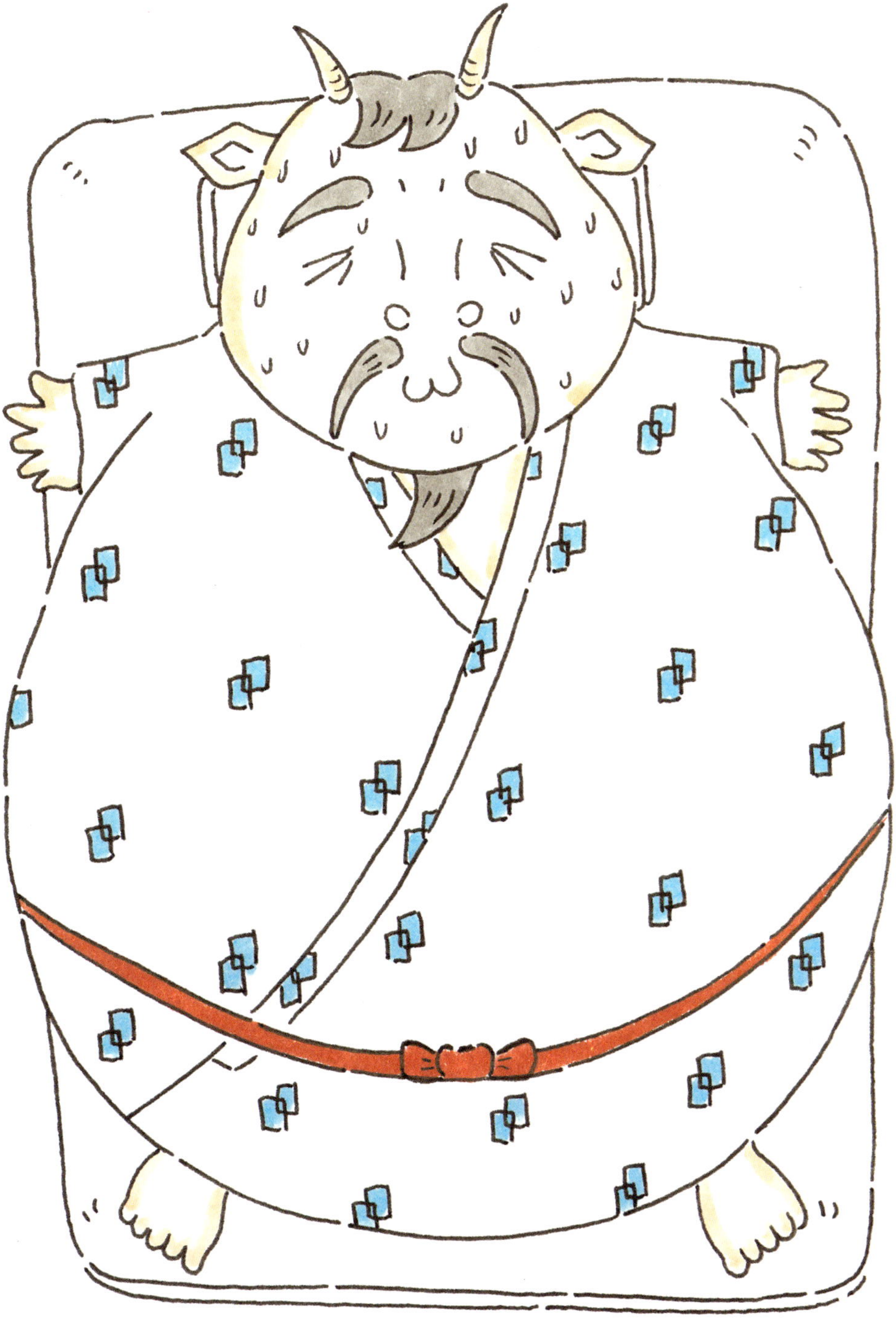

フクジさんは、『ちりょうほう』にすばやく目《め》を通《とお》すと、本《ほん》をぱんととじて、きっぱりいいました。

「ヤギマロさん、二《に》だんかいのちりょうをおこないますぞ。しょうしょうあらっぽいが、ここはしんぼうじゃ」

そこでフクジさんは、なかからげんかんのかぎをあけ、みんなをよび入《い》れたのでした。

「さあ、みなな、てつだってくれたまえ！　ガスぬきじゃ、ガスぬきじゃ！」

ピカピカのろうかを、どどどおっと、いっせいに走《はし》りぬけ、先生《せんせい》のへやにやってきたみんなは、あっと、いきをのみました。

でも、おどろいているばあいではありません。

「ひとりのこらず、ヤギマロさんにのっかって、さあ、ガスぬきじゃ、ガスぬきじゃ！」

フクジさんにいわれるままに、みんなは先生《せんせい》にのっかると、はずみをつけて、えいえいっとつぶしました。

すると、ふうせんの空気《くうき》がぬけるときのように、先生《せんせい》の口《くち》から、いきがもれだしました。

「まん、ぷ、まん、ぷ、く……た、ら、ふ、た、ら、ふ、く……だ、だ、だ、だ、い、ふ、く……」

「そのちょうし。さあ、つぶしてつぶして！
そおれっ、そおれっ！」
フクジさんが、音頭《おんど》をとり、
みんなが、せっせとつぶします。
すると、だんだん早《はや》くなりました。

「まんぷ、まんぷく、たらふ、たらふく、だいふ、だいふく……
たらふ、たらふく、だいふく、まんぷく……だいふくだいふく
たらたらふくまんぷまんぷくだいふくまんぷくたらふくたらふ
くまんぷくまんぷくだいふくだいふくだいふくたらたらふくまんぷ
くまんぷくだいふくたらふく……」

先生《せんせい》は、だんだん、だんだん、ぺちゃんこになりました。そして、さいごに、まるで一《いち》まいの紙《かみ》のように、へろりとなったのです。そこでフクジさんがいいました。

「よおし、ひとつ目《め》のちりょうが、ぶじしゅうりょうしたから、もうあんしん。あとは、ふつうのちりょうをすればよい。さ、きみたち、ヤギマロ先生《せんせい》のはじっこをそれぞれつまんで、外《そと》に出《で》るのじゃ」

ぺたんとのびた先生《せんせい》のまわりをかこんでいた動物《どうぶつ》たちは、おそるおそる、はじっこをつかんでもちあげました。ゴザではこぶときのように、先生《せんせい》は、なみうちました。

「では、ヤギマロさん、ここで、ちょいと日光浴《にっこうよく》をしてもらいますよ。ふとんにでもなった気《き》もちで、らくにしていなされ」

フクジさんは、ヤギマロ先生《せんせい》のおしりのあたりを、ぽんぽんとたたきながらいいました。

先生《せんせい》は、さんさんと日《ひ》のさす、
しばふの上《うえ》のふとんほしに、
へろり、とかけられることになったのです。

やがて先生《せんせい》は、お日《ひ》さまをいっぱいあびたふとんが、すこしずつふくらんでいくように、すこしずつ、すこしずつ、太《ふと》ってきました。よくふくらむようにと、家《いえ》からふとんたたきをとってきた動物《どうぶつ》たちが、ときどき、たいそうえんりょがちに、ぱんぱんと、先生《せんせい》をはたきました。

「先生《せんせい》、気分《きぶん》はどうですか？」

と、サルハチはたずねてみましたが、先生《せんせい》は、力弱《ちからよわ》く、

「めーいめーい」

と、いっただけでした。

でも、よその家《いえ》のふとんが、すっかりふくらむお昼《ひる》すぎには、ヤギマロ先生《せんせい》もほどよくふくらみ、いくらか日《ひ》やけもしました。トンコが気《き》をきかせてもってきた水《みず》も、ストローをくわえて、ツツツーと、のみほすまでになりました。

こうして、夕方《ゆうがた》になる前《まえ》に、先生《せんせい》は、すっかりもとのヤギマ

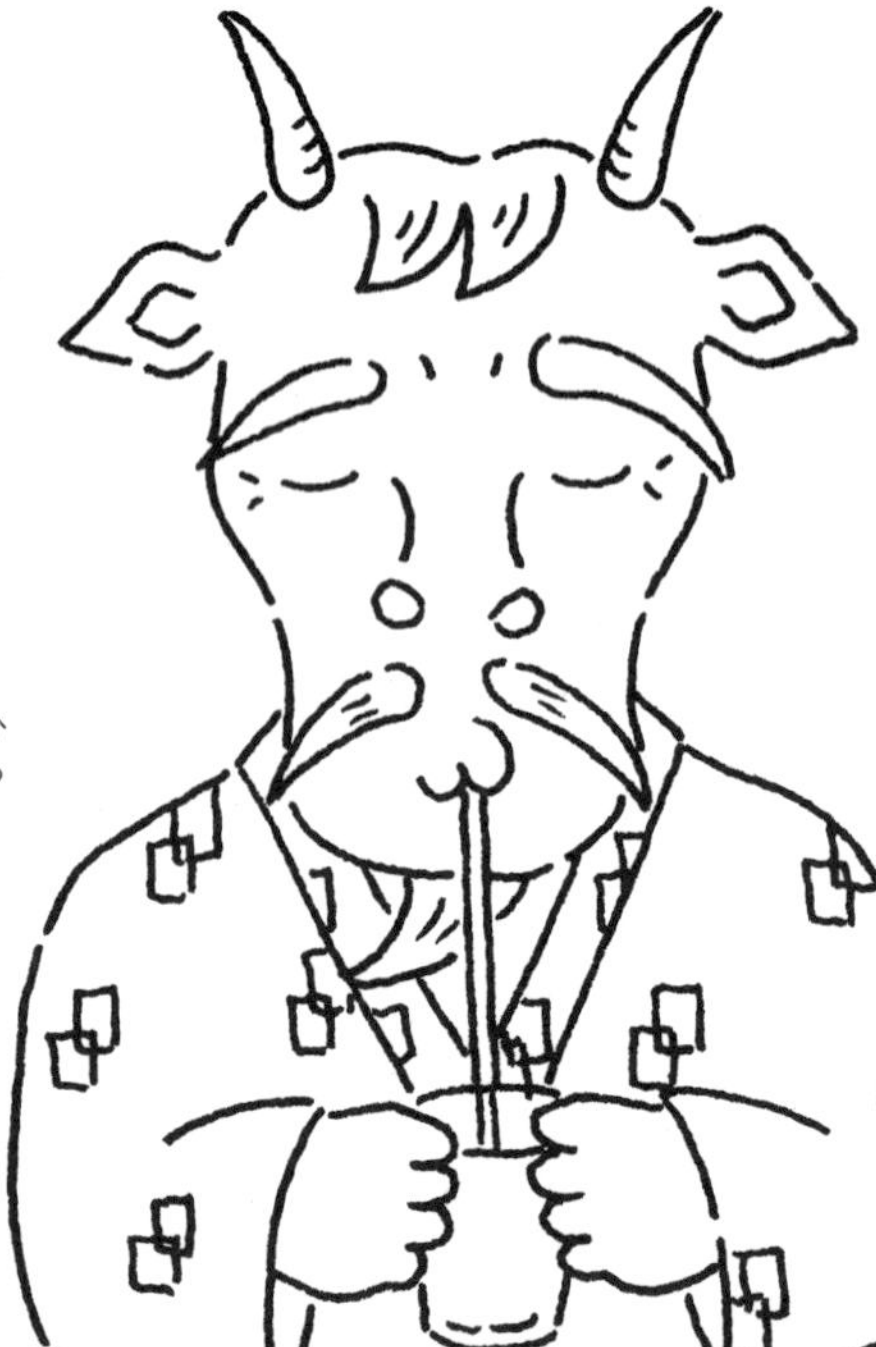

ロ先生《せんせい》にもどって、ふつうのようすで、ものほしからおりたのでした。

さて、その後《ご》、げんかんには、
また大《おお》きな紙《かみ》がはられました。

この前《まえ》は、急病《きゅうびょう》につき、たいへんごめいわくをかけました。
みなさんがたのていしゅつ作品《さくひん》が、なぜかきえうせたことも、
かさねて、おわびいたします。そこで、気分《きぶん》をあらたに、もう
一度《いちど》、お習字《しゅうじ》コンクールをおこないますので、またがんばって
ください。なお、課題《かだい》に、一部《いちぶ》、へんこうがあります。

課題《かだい》
　まつぐみ……………『まんぷく』
　たけぐみ……………『たらふく』
　うめぼしぐみ……『げっぷ』

〈たいせつなきまり〉
ふつうの『半紙《はんし》』をつかって書《か》くこと。ヤギマロお習字教室《しゅうじきょうしつ》

動物《どうぶつ》たちは、『ていしゅつ作品《さくひん》がなぜかきえうせた』というぶぶんはもとより、「うめぼしぐみ」の課題《かだい》が『げっぷ』になっているのと、『へろりがみ』が『半紙《はんし》』になっているのが、きわめてあやしい、とにらみました。

トンコが、みんなの考《かんが》えをだいひょうして、

「あたし、先生《せんせい》がふくらんだ事件《じけん》と、ふかいいかんけいがあると思《おも》う」

と、いいました。でも、何《なに》がどのようにふかいのか、ぴたりといいあてられるものは、いませんでした。

「なぞだ」
「なぞだ」
「えいえんのなぞだ」
動物《どうぶつ》たちは、
そうつぶやきながら、
げんかんをあけ、
また前《まえ》のように、
しずしずと、
ろうかを通《とお》っていったのでした。
でも、なぞは、ぜんぜん、えいえんではありませんでした。

フクロウ医院《いいん》の

フクジさんは、ヤギマロ先生《せんせい》にむかい、いかにも名医《めいい》らしく、

「あんたが、いったい何《なに》を食《た》べたのか、わたしは、けっしてだれにもいいませんぞ。あんたのめいよにかかわりますからな」

といったにもかかわらず、「ここだけの話《はなし》じゃが」と前《まえ》おきをして、会《あ》うひとごとに、こっそりしゃべったからでした。

名医《めいい》のわりには、しょうしょうおしゃべりだったのです。

そしてそもそも、「ここだけの話《はなし》」などというものが、「ここだけ」だったためしはないのですから、たちまち「そこいらじゅうの話《はなし》」になりました。
みんなのなぞは、あっというまに、とけたのです。

でも、それがきっかけで、ヤギマロ先生《せんせい》のお習字教室《しゅうじきょうしつ》は、ますますはんじょうしました。はれつするほど『へろりがみ』のだいふくを食《た》べたという、ヤギマロ先生《せんせい》が、ぐっとみぢかにかんじられて、前《まえ》よりすきになったからです。

みんなは、心《こころ》のなかで、ヤギだったらよかったのになあ、とちょっと思《おも》っています。それほどまでにおいしい『へろりがみ』のだいふくというものを、一度《いちど》、食《た》べてみたかったのです。

おしまい

たかどの ほうこ（高楼 方子）
1955年、北海道生まれ。主な作品に『へんてこもりにいこうよ』（偕成社）『いたずらおばあさん』（フレーベル館／以上2点で、第18回路傍の石幼少年文学賞）『十一月の扉』（リブリオ出版／第47回産経児童出版文化賞フジテレビ賞）『まあちゃんのながいかみ』（福音館書店）など多数ある。

たかべ せいいち（高部 晴市）
1950年、東京都生まれ。主な作品に『やまのじぞうさん』（第18回ブラティスラヴァ世界絵本原画展（BIB）金のりんご賞）『コドモノカガク』『きんぎょのおつかい』『サーカス』（以上すべて架空社）『きんぎょのうんどうかい』（フレーベル館）『おふろにはいろう』（すずき出版）など多数ある。

へろりのだいふく

2003年　11月30日　第1刷発行
2019年　4月30日　第11刷発行

著　者　たかどの ほうこ
画　家　たかべ せいいち
装　丁　高野 京子
発行者　水野 博文
発行所　株式会社佼成出版社
〒166-8535　東京都杉並区和田2-7-1
電話：（販売）03-5385-2323
（編集）03-5385-2324
http://www.kosei-shuppan.co.jp/
印刷所　株式会社精興社
製本所　株式会社若林製本工場

落丁本・乱丁本はお取り替えいたします。
ISBN978-4-333-02033-1　C8393
NDC913/64P/20cm

この作品は、月刊誌「おおきなポケット」（福音館書店・1996年12月号）に発表したものをもとに、あらためて書き下ろしたものです。

だいふく